Archipel de Ka
Le Père
Le Fils
Monts du Glouton
Jae Hyun
Source d'Ignatus
Refuge du Caribou
La Mag
La Topo
Île de Do
N
NE
E
SE
S
SO
O
NO

PAPIER À BASE DE FIBRES CERTIFIÉES

Gautier Languereau s'engage pour l'environnement en réduisant l'empreinte carbone de ses livres. Celle de cet exemplaire est de : 400 g éq CO_2
Rendez-vous sur www.gautier-languereau-durable.fr

Directeur : Sarah Kœgler-Jacquet / Directrice éditoriale : Brigitte Leblanc
Éditrice : Charlotte Pouhet / Responsable artistique : Solène Lavand / Mise en page : Louise Lebert
Fabrication : Virginie Vassart-Cugini / Lecture-correction : Myriam Blanc

ISBN : 978-2-01-712424-5 – Dépôt légal : octobre 2020 – Édition 01
Imprimé en France par Pollina. Achevé d'imprimer en octobre 2020 - 94559.
Loi n° 49–956 du 16 juillet 1949 sur les publications destinées à la jeunesse.

La Frontière
Antoine Guilloppé
Gautier Languereau

Si tu veux le rencontrer, il te faudra passer par le col du Loup.
Traverser la plaine du Renard.
T'arrêter pour dormir au dernier village avant la mer.
Prendre des forces avec un bon repas chaud.

Et au petit matin, repartir. N'oublie pas de bien te protéger le corps,
les pieds, les mains, les oreilles… Le froid ne connaît pas la pitié par ici.
C'est une question de survie. Tu as même le droit de prendre un fusil.

Si tu as pris ce qu'il faut pour manger et boire le temps de ton trajet, tu peux réussir.
Et après une dernière journée de marche, tu seras au bout de ton voyage.

D’un côté, Jörg

Jörg habite là depuis un an, dans sa cabane. Il garde la frontière.
Tous les jours, il fait sa ronde. Ça lui prend plusieurs heures.
Il doit être plus vigilant l’hiver, car l’eau, qui sépare les deux continents
reste gelée plusieurs mois. Ce qui facilite le passage.
Il doit surveiller patiemment cet endroit.

C’est tout le temps la même routine.
Il boit un grand thé brûlant, engloutit une large tartine de beurre
avec deux sardines séchées dessus, glisse quelques biscuits secs
dans sa poche, une barre de chocolat, et se met en route.

Il sillonne la côte, de long en large, sur quelques kilomètres.
Marque quelques arrêts.
Observe. Réfléchit. Sifflote parfois.
Il termine toujours sa tournée au pied du Grand Sapin.
C'est le nom qu'il a donné à son poste de garde.
Il s'y adosse, le regard fixé sur l'autre continent.

Depuis quelques semaines, il reste assis là un peu plus longtemps.
Il croit avoir repéré des mouvements inhabituels sur l'autre rive.
Mais entre les jours de brouillard et les jours où la neige tombe à gros flocons,
il ne distingue pas assez bien au loin pour se faire une idée précise.
Il faut dire aussi qu'à cette période de l'année, dans le nord du monde,
le jour ne dure que quelques heures.

C'est étrange, voilà que ça recommence.
Il aperçoit de nouveau une petite lumière au loin.
Pas de doute, il y a bien quelqu'un.
La lueur fait des mouvements, de gauche à droite et de droite à gauche.
Comme des signaux.

Jörg allume sa lampe à pétrole et soulève le bras pour répondre.
Mais la lumière disparaît. Il reste immobile, surpris. La nuit tombe.

Le blizzard se lève. Il faut vite rentrer.
Personne ne passera par là cette nuit.
Ce vent glacial est le meilleur des gardes-frontières.

Le lendemain, même routine. Le vent est tombé.
Jörg connaît le trajet par cœur. Il se dit qu'il pourrait le faire les yeux fermés.
Ce qui n'est pas très malin pour un garde-frontière.
Cette idée le fait rire.

Arrivé au pied du vieil arbre, Jörg se fige.
Il écarquille les yeux. Posé là, à sa place favorite, un panier.
Comment est-ce possible ? Il n'y a personne à des kilomètres à la ronde.
À moins que ce panier ne vienne de là-bas. D'en face !
Qui a osé traverser la mer gelée ? Une nuit de blizzard en plus…

Jörg explore le panier avec délicatesse. À l'intérieur, trois gros saumons.
Il en a l'eau à la bouche. Quelle délicieuse attention.

Son regard se tourne vers l'autre continent. La lumière est là.
On dirait qu'elle dessine un cœur à présent.
Maladroitement, il attrape sa lampe pour répondre à ces signes.
Puis la lumière s'éteint.

En rentrant, Jörg se dit que c'est vraiment gentil ce cadeau.
Il serait poli de rendre la pareille. Mais cela voudrait dire aller de l'autre côté.
Et si personne n'a le droit de passer dans un sens, c'est aussi vrai dans l'autre…

Mais après tout, ça commence à bien faire ce jeu de cache-cache avec les lampes.
C'est décidé. Cette nuit, il tente une traversée.
Jörg est curieux. Il veut savoir qui lui a offert ces poissons.
Poissons qu'il a englouti pour son dîner d'ailleurs.
Un régal.

C'est donc le ventre lourd que Jörg commence la traversée.
Il est chanceux, la nuit est calme et le vent, léger.
Sa respiration ralentit. Il marche prudemment.
La glace est solide, mais il ne voudrait pas passer au travers et finir en glaçon.

Arrivé sur l'autre rive, il constate que ce pays n'est guère différent du sien.
Surpris, il découvre une chaise sous un arbre millénaire.
Comme son Grand Sapin. C'est un autre poste-frontière. Il sourit.

Celui qui garde son territoire de ce côté-ci doit avoir une vie assez proche de la sienne.
Mince, il est venu les mains vides ! Jörg est parfois distrait.
Il fouille dans ses poches, trouve un dernier biscuit et deux carreaux de chocolat.
Il les dépose délicatement sur la chaise et rentre chez lui.

Au petit matin, Jörg n'a pas très bien dormi.
Est-ce que son cadeau était aussi beau que celui qu'il a reçu ?
A-t-il bien fait d'aller en face ? C'est interdit, après tout.

Sa routine est perturbée.
Dès les premières lueurs du jour, il avale quelques biscuits secs, glisse dans sa veste une large tartine de beurre avec des sardines qu'il recouvre de chocolat et verse le thé froid de la veille directement dans sa poche.
Il ne fait pas sa tournée dans l'ordre habituel et file directement à son poste de garde.
Il allume sa lampe et commence à faire des grands gestes pour donner signe de vie à son mystérieux voisin.

Entre les quelques flocons cotonneux, il aperçoit la lueur.
Il sourit. Il aime les plaisirs simples, Jörg.
Un rien illumine sa journée.
Un rien en forme de cœur.

Il n'a vu presque personne depuis un an.
Avoir un ami, ça lui dirait bien.

La curiosité de Jörg est mise à rude épreuve. Et si c'était un ennemi ?
Et si c'était un piège ? Si c'était le cas, les poissons auraient été empoisonnés
et il serait tombé malade… ou pire. Or, il s'est régalé Jörg.
Ce soir, il griffonne un mot sur un petit papier.

Il prend son manteau et décide de traverser une seconde fois.
Jörg respecte les règles habituellement, mais là, c'est impossible de rester sans rien faire.
Dans la nuit glaciale et silencieuse, il arrive de l'autre côté du rivage et s'approche de la chaise.

À son grand étonnement, il découvre un mot écrit sur une petite feuille.
Il peine à le déchiffrer à la lueur de ce soleil de minuit :

« Bonsoir,
je t'observe depuis un an.
J'ai quelque chose à te dire. »

Jörg sent une chaleur lui monter aux joues. Son cœur bat un peu plus vite.
Il scrute rapidement autour de lui mais ne voit personne.
Il rentre en courant, prenant garde de ne pas tomber. Ses pas se font légers.

Arrivé chez lui, tout essoufflé, il s'effondre dans son fauteuil.
Qui l'observe depuis une année sans se montrer ?
Alors qu'il fixe le plafond, il entend « toc toc toc » à sa porte.
Le rythme de son cœur s'accélère.
Il se lève. Attrape une bûche au passage, par prudence.
S'approche de la porte, l'ouvre d'un coup sec en levant le bras pour frapper !

Mais son geste est arrêté par un regard d'une douceur qu'il n'avait jamais croisée.
Devant lui, voici Selma.

De l'autre côté, Selma

Selma est aussi garde-frontière.
Si tu veux la rencontrer, il te faudra enjamber les ruisseaux gelés de la toundra.
Escalader les monts du Glouton.
Dormir dans le refuge du Caribou et prendre des forces avec un bon repas chaud.

Puis, au petit matin, repartir.
N'oublie pas de bien te protéger le corps, les pieds, les mains, les oreilles…
Le froid ne connaît pas la pitié par ici. C'est une question de survie.

Si tu as pris ce qu'il faut pour manger et boire le temps de ton trajet, tu peux réussir.
Après une dernière journée de marche, tu seras au bout de ton voyage.

Selma est née ici. Elle a été élevée par des parents aimants.
Son père lui a appris à faire à manger, à se repérer avec les étoiles.
Sa mère lui a appris à chasser et à faire un feu.
Quand ils sont morts, elle est restée ici.
Seule.

Son gouvernement la laisse tranquille.
Il lui a demandé de continuer à garder la frontière comme le faisaient ses parents.
Cela n'est pas très compliqué. Elle était d'accord.
C'est chez elle ici. Elle n'a aucune envie de partir.
Elle connaît si bien l'endroit que tous les sons lui sont familiers.
Parfois, elle n'a même pas à bouger pour sa ronde.
Elle entend tout.
Il peut même lui arriver de s'endormir pendant sa garde.
Ce n'est pas bien grave. Il n'y a personne dans ce désert glacé.

Mais depuis un an, elle a repéré du mouvement sur l'autre rive.
Ce n'est pas pour lui déplaire. Cela fait un peu d'action.
Grâce aux vieilles jumelles héritées de sa mère,
elle parvient à observer parfaitement ce qui se passe en face.
Elle suit de très près, en secret, les aventures d'un grand gaillard
qui sillonne la côte de long en large.
Ça l'amuse beaucoup.
Elle le voit parfois gober les flocons en souriant,
lancer quelques boules de neige contre des cibles imaginaires.
Elle aime bien le regarder.
Il la fait sourire.

Elle remarque aussi qu'il mange toujours la même chose.
Des biscuits et du chocolat.
Ça lui fait envie.
Elle n'a pas mangé de chocolat depuis des années.
Ses parents en rapportaient parfois quand ils allaient au village.
Mais cela restait exceptionnel.

Elle se dit que ce n'est pas un repas sérieux pour un garde-frontière de cette taille.
Elle a appris à tuer des animaux pour se nourrir mais c'est une vraie gentille dans le fond.
Elle est comme ça, Selma. Elle soigne volontiers les oiseaux fatigués
ou les lièvres blessés qu'elle recueille lors de ses promenades.

Après des mois d'observation, elle décide, par une nuit de blizzard,
de lui faire un petit cadeau. Elle a pêché quelques saumons bien gras cet après-midi.
Elle en glisse trois dans un joli panier tressé par son père, se faufile dans le froid
jusqu'à l'autre rive et dépose son offrande au pied du Grand Sapin.

Le lendemain, elle est de bonne heure à son poste, armée de ses jumelles.
Elle voit Jörg découvrir le panier et arrive même à le voir se lécher les babines !
Ce sont des vieilles jumelles mais elles sont puissantes.
Elle sourit, commence à lui faire signe avec sa lampe
et s'applique à dessiner une forme bien particulière.
Une forme de cœur.
Chaque fois qu'il allume sa lampe à pétrole pour lui répondre,
elle rougit et éteint la sienne immédiatement.
Elle est timide.

Mais cette nuit, elle a une intuition…
Selma ressort et s'approche doucement de son poste-frontière.
Son intuition est bonne. Jörg est sur sa rive. À quelques mètres.
Quelle audace !

Elle l'observe fouiner un peu, retient un petit rire.
Elle le voit prendre quelque chose dans sa poche
et le déposer avec délicatesse sur sa chaise, puis s'en aller.
À peine Jörg parti, elle se précipite.
Du chocolat !
Sans hésiter, elle pose délicatement les carreaux froids sur sa langue
et les sent fondre doucement.
Un bonheur.

Le cœur de Selma bat différemment. Plus vite, plus fort.
Elle sait que ce n'est pas le chocolat qui lui fait cet effet.
Elle sourit.
En rentrant dans sa cabane, elle s'installe à sa table
et écrit un petit mot sur un bout de papier.
Ce mot, elle le veut direct et franc.

Cette nuit-là, elle laisse son mot posé sur son poste de garde et traverse la mer gelée.
Selma est aussi curieuse que Jörg. Cachée dans le bois, elle espionne son chalet.
Les lumières sont bien allumées mais elle a l'impression qu'il n'y a personne à l'intérieur.
Selma n'a pas fait attention, les deux gardes-frontières se sont croisés sans se voir dans la nuit noire.
Elle devait avoir la tête ailleurs. Tout comme Jörg.

En s'approchant de la maison, elle entend, derrière elle, un souffle fort
et un pas lourd qui fait trembler le sol. Selma se cache. Jörg rentre chez lui en courant.
Elle est fine Selma, elle comprend vite qu'il a lu son message.
Mais quelle audace de traverser à nouveau si vite.
Elle espérait qu'il revienne mais seulement dans quelques jours.

N'écoutant que son cœur, Selma s'approche et frappe trois coups. Elle est intimidée.
La porte s'ouvre brutalement. Devant elle apparaît Jörg, les yeux apeurés
et le bras en l'air, armé d'une bûche.

Il est bien plus grand qu'elle ne le pensait.

Jörg et Selma

Un long silence s'installe.
Puis Jörg baisse son bras. Son regard s'adoucit.
Ses joues rougissent. Selma esquisse un sourire.
D'un petit geste, Jörg invite Selma à entrer.
Sans dire un mot, elle accepte.

La porte se referme.
Le thé est encore chaud, et il reste plusieurs dizaines de plaques de chocolat dans la réserve de Jörg. Laissons-les tranquilles.
À parler de chocolat, de sapins millénaires, de blizzard, de poissons frais, de nuits étoilées, de brouillards, de tartines de beurre, de leurs vies passées, du présent.

Et qui sait, ils oseront peut-être se tenir la main pour se réchauffer.